AI

Amin Maalouf est l'a[...]
nesque. *Adriana Mater* [...]
L'Amour de loin.

AMIN MAALOUF

Adriana Mater

LIVRET

GRASSET

© Éditions Grasset & Fasquelle, 2006.
ISBN : 978-2-253-12014-8 – 1re publication LGF

À Gérard Mortier

L'opéra *Adriana Mater* a été composé, sur ce livret, par Kaija Saariaho, pour une création à la Bastille le 30 mars 2006, dans une mise en scène de Peter Sellars et sous la direction musicale d'Esa-Pekka Salonen ; avec Patricia Bardon (Adriana), Solveig Kringelborn (Refka), Stephen Milling (Tsargo) et Gordon Geitz (Yonas) ; dans un décor de George Tsypin, des costumes de Martin Pakledinaz, et sous les lumières de James F. Ingalls ; l'orchestre et les chœurs étant ceux de l'Opéra national de Paris.

DISTRIBUTION

ADRIANA (mezzo-soprano)
REFKA, *sœur d'Adriana* (soprano)
YONAS, *fils d'Adriana* (ténor)
TSARGO, *père de Yonas* (baryton basse)

Aujourd'hui, dans un pays visité par la guerre.

Premier tableau – Nous sommes à la veille d'un conflit. Une jeune femme, Adriana, se prélasse devant sa maison en chantant un vieux refrain nostalgique. Lorsqu'elle veut rentrer chez elle, elle voit sa route barrée par Tsargo, un jeune homme ivre. Tout en titubant, il cherche à lier conversation, lui rappelant qu'ils avaient dansé ensemble l'année précédente. Elle finit par le rabrouer sévèrement. Il s'en va, humilié, et s'étale sur le sol, non loin de là, pour vider sa bouteille. La sœur d'Adriana, Refka, qui a suivi la scène sans être vue, reproche à sa sœur de s'être comportée ainsi. Lorsque tombe la nuit, un rêve apparaît sur scène, sans que l'on sache qui est en train de rêver. Adriana ? Tsargo ? Refka ? Tous les trois, peut-être... Dans ce rêve, Tsargo se prépare à emmener Adriana au bal, mais lorsqu'elle le prend par le bras, le jeune homme se métamorphose en une bouteille, qu'Adriana laisse tomber sur le sol, et qui se brise avec fracas. La jeune femme se réveille en éclatant de rire, dans le rêve et dans la réalité. Tsargo est réveillé par ce rire, qui se mêle au bruit de casse. Il se sent humilié, et s'éloigne comme un damné, proférant des menaces.

Deuxième tableau – Comme en écho à la fureur de Tsargo et à ses menaces, les grondements de la guerre. Le jeune homme revient en habit de combat, une arme à la main. Il frappe à la porte d'Adriana, qui le rabroue aussi sèchement qu'avant, sans aucune considération pour l'arme qu'il tient, ni pour le prétexte qu'il invoque, à savoir qu'il a besoin de monter sur le toit de la maison pour observer les mouvements de l'ennemi qui s'approche. Alors il force la porte, et l'on comprend que la jeune femme a été violée.

Troisième tableau – Adriana est enceinte. Elle discute avec sa sœur, qui lui reproche d'avoir choisi de garder l'enfant. Au cours de ce tableau, Refka raconte à sa sœur un rêve qu'elle vient de faire, la nuit précédente, et par lequel se manifestent toutes ses angoisses concernant l'enfant qui va naître ; angoisses qui rejoignent celles d'Adriana, laquelle se demande si son fils sera Caïn ou bien Abel.

(Rideau)

Quatrième tableau – Dix-sept ans ont passé. Yonas, fils d'Adriana, vient d'apprendre, par des personnes extérieures à la famille, que son père n'est pas du tout mort en héros en essayant de les protéger, comme Adriana le lui avait toujours raconté. L'adolescent est ivre de rage. Sa mère se défend : avant de dire la vérité, elle attendait que son fils soit en âge de la supporter. Yonas n'en est pas moins furieux ; contre tous les siens, mais d'abord contre ce père violeur qu'il n'a jamais connu et qu'il se promet de tuer. Adriana ne cherche pas à l'en dissuader. Ce tableau s'achève par un rêve qui se déroule sur scène, sans qu'on sache clairement qui est en train de rêver ; on y voit Yonas, déchaîné, qui démasque et immole, en quelque sorte, sa famille entière, Tsargo d'abord, puis Adriana et Refka, avant de retourner son arme contre lui-même.

Cinquième tableau – Refka voudrait rapporter à Adriana une nouvelle qu'elle vient d'apprendre. C'est sur Yonas qu'elle tombe, lequel lui reproche à elle aussi de lui avoir menti à propos de son père. Quand Adriana arrive, sa sœur l'informe, en présence de Yonas, que Tsargo est rentré au pays. L'adolescent quitte la maison en annonçant qu'il va le tuer. Refka veut lui courir après, mais Adriana demeure impassible : « S'il doit le tuer, il le tuera ! » dira-t-elle par trois fois.

Sixième tableau – Yonas va à la rencontre de son père. Il lui demande s'il est bien Tsargo, et lui adresse des reproches. L'autre est de dos, tout au long, et ne fait pas trop de difficulté pour avouer qui il est et ce qu'il a commis. S'il ne s'en vante pas, il ne manifeste pas beaucoup de remords non plus. Puis Yonas lui annonce qu'il a l'intention de le tuer. Mais il ne veut pas le frapper dans le dos ; il lui demande de se retourner, et de le regarder. Tsargo se retourne lentement, et l'on découvre qu'il a perdu la vue. Le fils est désemparé, il se sent incapable de tuer ce père infirme. Il s'enfuit sans avoir accompli ce qu'il avait promis.

Septième tableau – Les quatre personnages se retrouvent simultanément sur scène, mais chacun sur sa propre trajectoire, tous désemparés, dévorés par l'inquiétude et le remords. Seuls Yonas et Adriana finissent par se rejoindre. Le fils demande pardon à sa mère pour n'avoir pas été capable de la venger. Adriana l'interroge calmement sur ce qui s'est passé, avant de lui avouer que, dès avant sa naissance, elle se demandait nuit et jour ce que deviendrait son fils, s'il serait un tueur, comme son père. Elle avait enfin la réponse, Yonas était bien son fils à elle, l'enfant de son propre sang, et non le fils du monstre. « Nous ne sommes pas vengés, mais nous sommes sauvés », lui dit-elle. Les portes de l'Enfer peuvent se refermer.

PREMIER TABLEAU

Au crépuscule, un quartier modeste, avant la guerre.

Adossée au mur de sa maison, une jeune femme, Adriana, se prélasse en fin de journée en chantant une sorte de vieux rondeau nostalgique et sensuel.

ADRIANA :

Quand les yeux de la cité se ferment,
Je dévoile ma voix.
Ma voix que j'ai cueillie
Dans un jardin d'automne,
Puis couchée sous les pages d'un livre ;
Ma voix que j'ai rapportée du pays
Entre mes draps couleur de soufre ;
Ma voix que j'ai glissée dans mon corsage,
Sous les plis de mon cœur.

Quand les yeux de la cité se ferment,
Je dévoile mon cœur.
Mon cœur que j'ai cueilli
Dans un jardin d'automne,
Puis couché sous les pages d'un livre ;
Mon cœur que j'ai rapporté du pays
Entre mes draps couleur de pierre ;
Mon cœur que j'ai glissé dans mon corsage,
Sous les plis de ma peau.

(Un jeune homme, Tsargo, s'approche, d'un pas mal assuré. Tenant à la main une bouteille, il se place entre la porte et la jeune femme, comme pour l'empêcher de rentrer chez elle. De la maison, Refka les épie l'un et l'autre sans qu'eux-mêmes la voient.)

ADRIANA :

Quand les yeux de la cité se ferment,
Je dévoile ma peau.
Ma peau que j'ai cueillie
Dans un jardin d'automne,
Puis couchée...

(Quand Adriana remarque enfin la présence du jeune homme, elle abrège sa rengaine et se dirige vers la porte.)

TSARGO, *lui barrant la route* :

Elle ne m'adresse plus
La parole !
Adriana ne me reconnaît plus !

ADRIANA, *ostensiblement lasse, et dédaigneuse* :

Si, je te reconnais, Tsargo,
Et c'est justement pour cela
Que je ne t'adresse pas la parole.
Éloigne-toi de ma route !
Va t'enivrer ailleurs !

TSARGO :

Je ne suis pas
Ivre !

ADRIANA, *de plus en plus méprisante* :

Non, tu es sobre, Tsargo,
Tout le monde le voit...

TSARGO, *tenant mal sur ses jambes* :

Je ne suis pas
Ivre !

ADRIANA :

C'est ta bouteille qui est ivre,
C'est ta bouteille qui n'arrive pas à se tenir debout !
Tu veux bien l'emmener loin d'ici ?

TSARGO :

Je suis venu pour te parler, Adriana,
Écoute-moi !

ADRIANA :

Tu reviendras une autre fois me parler,
Quand tu seras sobre !

TSARGO :

Si j'étais ivre, mais riche,
Tu m'aurais écouté, Adriana.
Si j'étais ivre, mais puissant,

Tu m'aurais déjà invité à entrer,
Je serais déjà assis sur ton lit.

ADRIANA :

Pour qu'un homme ait le droit de s'asseoir sur
mon lit,
Il n'a pas besoin d'être puissant ou riche.
Même toi, un jour, Tsargo, je pourrais t'inviter
à entrer.
Si je te voyais arriver dans ma rue,
D'un pas ferme et léger...

*(Pendant qu'elle parle, Adriana mime la
scène ; et Tsargo se met à y croire.)*

ADRIANA :

Tu te dresserais sur ma route, sans que ma
route en soit barrée.
Tu prononcerais les mots que j'attends depuis
toujours,
Et aussi ceux que je n'attendais plus.
Ta voix d'homme soufflerait dans mes cheveux,
Comme une brise familière.
Ce jour-là, Tsargo, je t'ouvrirai ma porte.
Même si tu es resté pauvre, ce jour-là je t'accor-
derai
Le droit de t'asseoir sur mon lit.

(Un temps.)

Mais ce jour-là ne viendra pas !

18

(Tsargo reçoit la dernière phrase comme une gifle. Il s'en va s'asseoir un peu plus loin, pour vider sa bouteille. Adriana rentre chez elle, où elle retrouve sa sœur, qui a tout entendu.)

REFKA :

Pourquoi parler ainsi
À un voyou en état d'ivresse ?

ADRIANA :

Tu aurais voulu peut-être que je le supplie, d'une voix soumise,
Qu'il veuille bien me laisser passer ?

REFKA :

Non, Adriana, j'aurais seulement voulu
Que tu gardes
Une distance...

ADRIANA, *moqueuse* :

Une distance !

REFKA, *poursuivant* :

Que tu lui parles à peine,
Que tu ne prononces pas son nom,
Que tu ne croises jamais tes mots avec les siens.

ADRIANA :

En somme, tu aurais voulu que je me taise.
Qu'il m'agresse, et que je ne réponde pas.
Qu'il se mette en travers de ma route,
Sans que je lui dise : « Va-t'en ! »

REFKA :

J'aurais voulu que tu lui répondes
Par le mépris, Adriana,
Le mépris et rien d'autre.

ADRIANA :

Plus que je ne l'ai fait ?
Tu as vu comme il est parti la tête basse ?

REFKA :

Tu ne m'as pas comprise, Adriana.
J'aurais voulu
Qu'il ne sache même pas
Que tu connais son nom !
J'aurais voulu
Qu'il doute même que le son de sa voix
Soit parvenu à tes oreilles,
Ou que son visage se soit reflété dans tes yeux.
J'aurais voulu qu'il se sente, au voisinage de
cette maison,
Comme un vêtement vide et sale,
Ou comme l'ombre de l'ombre d'une âme morte.
C'est cela, le mépris !

ADRIANA :

Non, Refka, ce n'est pas le mépris que tu viens
de décrire,

C'est la peur déguisée,

La peur apprise aux femmes depuis Ève.

« Il ne t'a pas regardée, tu ne l'as pas entendu,
il ne t'a rien dit.

Baisse les yeux, ma fille, et maudis-le dans ton
cœur ! »

Moi, je ne veux pas me taire, je ne veux pas
baisser les yeux,

Moi, je veux le maudire à pleins poumons !

Celui qui cherche à me blesser, c'est moi qui le
blesserai d'abord.

REFKA :

On ne blesse pas un scorpion, Adriana,

On l'écrase sous son talon,

Ou bien on le laisse passer son chemin,

Comme si on ne l'avait pas vu.

ADRIANA :

Tsargo n'est pas cette bête venimeuse,

C'est juste un gamin misérable.

L'année dernière, à la fête, nous avions dansé,

Il était timide comme un enfant.

REFKA :

Voilà qu'il t'inspire de la tendresse !

ADRIANA :

Non, aucune tendresse,
Juste un peu de compassion, Refka,
Tu ne peux pas me reprocher un peu de compassion !

REFKA :

Tu n'aurais jamais dû danser avec lui !

ADRIANA :

Une danse ! Une seule !

REFKA :

C'était une danse de trop !
C'est à cause de cette danse qu'il revient rôder par ici.

ADRIANA :

Regarde-le, là-bas,
Il dort contre le mur !
Il est trop ivre pour rentrer chez lui.

REFKA :

Ne le regarde même pas, et baisse donc la voix !
Il est tard !

> *(La lumière de la maison s'éteint, les deux sœurs s'endorment. Sur scène apparaît bientôt ce qu'on devine être un rêve. On ne sait*

pas bien lequel des personnages fait ce rêve, peut-être les trois à la fois. On y voit Tsargo endimanché qui frappe à la porte pour emmener Adriana au bal.

Elle sort le rejoindre ; mais quand elle le prend par le bras, elle se retrouve avec une bouteille sous l'aisselle, comme si le bras, ou le jeune homme tout entier, s'était transformé en bouteille. Elle éclate de rire, lâche la bouteille, qui tombe à terre, se brisant en mille morceaux et mille gouttelettes. Le rire d'Adriana se transmet du rêve à la réalité. Tsargo, qui l'entend, et qui semble avoir fait le même rêve, se lève et s'enfuit comme un damné en proférant des menaces.

Pendant qu'on assiste à ces événements sur scène, des voix racontent ce qui se passe. Des voix qui s'entremêlent, qui se chevauchent ; il y a là un chœur, mais on reconnaît aussi, de temps à autre, le timbre de Tsargo, de Refka ou d'Adriana.)

VOIX DE REFKA :

Quand les yeux de la cité se ferment,
Nos rêves se réveillent.
Un monde chasse l'autre,
Un monde hérite de l'autre
Il installe ses propres bruits,
Ses clartés...

VOIX D'ADRIANA :

Quand les yeux de la cité se ferment,
Je dévoile ma peau...
Entre mes draps couleur de pierre...

LE CHŒUR :

Quand les yeux de la cité se ferment,
Un monde hérite de l'autre,
Il installe ses propres bruits,
Ses propres clartés,
Ses propres mensonges...

VOIX DE REFKA :

Dans le rêve, Tsargo
Avait rendez-vous avec Adriana.
Dans le rêve...

PREMIÈRE PARTIE DU CHŒUR :

Dans le rêve,
Elle l'attendait.

SECONDE PARTIE DU CHŒUR :

Elle l'attendait,
Ils s'étaient longuement préparés...

PREMIÈRE PARTIE DU CHŒUR :

Longuement préparés...

SECONDE PARTIE DU CHŒUR :

Longuement habillés, l'un et l'autre...

VOIX DE REFKA :

Dans le rêve, la porte s'est ouverte,
Adriana l'a pris par le bras.

PREMIÈRE PARTIE DU CHŒUR :

Mais à l'instant même, le bras...

SECONDE PARTIE DU CHŒUR :

Le bras de Tsargo...

PREMIÈRE PARTIE DU CHŒUR :

S'est métamorphosé en froide bouteille...

VOIX DE REFKA :

Dans le rêve, Adriana...

SECONDE PARTIE DU CHŒUR :

Adriana a lâché...

PREMIÈRE PARTIE DU CHŒUR :

A lâché la bouteille,
Elle l'a laissée tomber au sol...

VOIX DE REFKA :

Les débris de verre et les gouttelettes rouges
Se sont répandus tout autour...

SECONDE PARTIE DU CHŒUR :

Elle l'a laissée se fracasser.

VOIX DE TSARGO :

Adriana riait.

VOIX D'ADRIANA :

Tsargo pleurait.

VOIX DE TSARGO :

Adriana riait !

LE CHŒUR :

Adriana riait.

VOIX DE TSARGO :

Sa sœur riait.
Le monde entier riait, riait.

LE CHŒUR :

Riait, riait...

VOIX DE TSARGO :

Adriana riait.

VOIX DE REFKA :

Soudain, le rêve s'est dissipé,
La nuit a rejeté, sur le rivage de l'aube,
Le corps inerte du songe,
Comme un marin perdu en mer.

VOIX D'ADRIANA :

Alors Tsargo s'est éloigné...

VOIX DE REFKA :

Il a couru jusqu'au fond des Ténèbres...

VOIX D'ADRIANA :

Jusqu'au fond des Ténèbres,
Comme un ange damné.

VOIX DE REFKA :

Un ange damné...

LE CHŒUR :

Damné,
Damné,
Damné.

DEUXIÈME TABLEAU

Le même quartier, en temps de guerre.

Adriana est chez elle. Tsargo arrive d'un pas décidé. Il n'est plus ce jeune homme misérable, il a acquis de l'assurance, et semble être devenu un chef local. Il porte une arme, et il est suivi à distance par des hommes qui lui obéissent. Il a un bandage autour du bras, comme autour de la tête. Il frappe à la porte.

TSARGO :

Adriana, ouvre-moi !
Ouvre-moi ! Vite !

ADRIANA, *qui n'a fait qu'entrouvrir la porte, méfiante* :

Tu es blessé ?

TSARGO :

Ne regarde pas ma blessure,
Ce n'est pas pour ça que je suis venu.
Les Autres
Commencent à s'infiltrer dans notre voisinage !
Il faut que je monte sur le toit pour surveiller
les routes.
Laisse-moi passer !

ADRIANA, *qui continue à tenir la porte, et barre le passage de son corps* :

Pourquoi faudrait-il surveiller les routes
À partir de chez moi, Tsargo ?
Il y a tant de maisons plus hautes !

TSARGO :

Si tout le monde répond comme toi,
Les Autres vont envahir nos rues,
Ils vont nous égorger, femmes et hommes,
Comme du temps de nos pères.
Depuis si longtemps ils affûtent leurs armes,
Ils sont assoiffés de vengeance.
Maintenant ils sont prêts, ils vont venir !
Ils viennent ! Ils sont tout proches !

ADRIANA :

N'essaie pas de me faire peur,
Tsargo !

TSARGO :

Monte sur le toit, la nuit, et retiens ton souffle !
Tu pourras déjà entendre leur clameur !

ADRIANA :

N'espère pas me faire trembler !
Tu n'entreras pas chez moi !

TSARGO :

S'ils parviennent jusqu'ici,
Ils nous massacreront tous, Adriana,

Tous, tous, jusqu'au dernier ;
Et ceux qu'ils laisseront vivre devront se sou-
mettre à leurs lois,
Devront parler comme eux, s'habiller comme eux,
Manger comme eux, et sentir les mêmes odeurs.

ADRIANA :

N'espère pas me faire trembler,
Tsargo !

TSARGO :

Si tu ne m'ouvres pas ta porte,
C'est à eux que tu devras bientôt l'ouvrir !

ADRIANA :

Ma porte ne s'ouvrira ni à toi ni aux Autres.
Allez tous au diable !
Oui, tous au diable, avec vos armes, vos ban-
dages,
Et vos sueurs maudites !
Allez pousser vos hurlements de guerre
Loin de chez moi !
Dans cette maison, la guerre n'entrera pas, tu
m'entends ?

TSARGO, *l'imitant, moqueur* :

Dans cette maison, la guerre
N'entrera pas, ha !

ADRIANA (simultanément) :

Dans cette maison la guerre
N'entrera pas !

TSARGO :

Si la guerre frappe à ta porte,
Crois-tu que tu pourras lui refermer la porte au
nez ?
La guerre se répandra partout comme une fine
poussière ;
Tout en la maudissant, tu la respireras,
Telle une herbe enivrante.
Bientôt, tu t'y habitueras, tu ne pourras plus
t'en passer.
Le seul choix qui te reste, Adriana,
C'est entre les Autres et nous.
À qui vas-tu ouvrir ta porte ?
À ceux qui viendront t'égorger,
Ou bien à nous, tes frères,
À nous qui sommes du même sang que toi ?
À nous qui venons te défendre ?
C'est la guerre, Adriana, tu n'as plus le loisir
d'hésiter !
Ouvre-moi, ouvre-moi, vite !

ADRIANA :

Toi ou les Autres, Tsargo,
Pour moi vous êtes tous de la même couleur,
Vous êtes tous des meurtriers,
Tous des voyous !

TSARGO :

Tu as raison, Adriana,
Je suis un voyou,
Un mauvais garçon,
Je suis un tueur.
En temps de guerre, la nation
A besoin de ses mauvais garçons,
Elle a besoin de ses voyous, de ses tueurs,
elle a besoin de ceux qui se salissent les mains
Pour que tes mains à toi restent propres.

ADRIANA :

La nation en a besoin ? Peut-être, mais pas moi !
Je n'ai besoin d'aucun tueur dans ma maison !
Je n'ai besoin d'aucun voyou,
D'aucun ivrogne !

TSARGO :

Regarde-moi, Adriana !
Cette fois,
Je ne suis pas ivre !

ADRIANA :

Cette fois tu as troqué ta bouteille contre une
arme,
Tu te soûles à l'odeur de la poudre et à l'odeur
du sang !
Ne cherche pas à m'enivrer avec toi !
Ne cherche pas à m'effrayer, Tsargo !

(Elle rabat la porte, pour rétrécir encore l'ouverture, sans toutefois la refermer entièrement.)

TSARGO :

J'ai assez discuté avec toi, Adriana,
Écarte-toi de mon chemin,
Sinon...

ADRIANA :

Sinon quoi, Tsargo ? Tu me menaces ?
Tu comptes m'éventrer et me trancher la gorge
Et saccager ma maison,
Pour éviter que les Autres ne le fassent ?

TSARGO :

Non, Adriana, je ne te veux aucun mal,
Je cherche seulement à te défendre.
Je dois juste m'assurer que les Autres
Ne sont pas déjà dans notre voisinage.
Il faut que je passe !

ADRIANA :

Non !

TSARGO :

Il faut que j'entre !

ADRIANA :

Non !

TSARGO :

Il faut que je monte sur le toit !
Écarte-toi !

ADRIANA :

Non !
Non ! Non ! Non !

TSARGO :

Que tu dises oui ou non, cette fois, j'entrerai.
J'ai déjà beaucoup patienté,
Tu m'as suffisamment fait souffrir,
Que tu m'invites ou pas,
Cette fois j'entrerai !

ADRIANA :

Non, tu n'entreras pas !
Il faudra que tu me passes sur le corps !

TSARGO, *reculant d'un pas, comme pour prendre son élan, mais en continuant à bloquer la porte avec son pied* :

S'il me faut passer sur ton corps, Adriana,
Sur ton corps je passerai.

ADRIANA :

Non ! Non ! Non ! Non !

(Tsargo pousse la porte, tandis qu'Adriana essaie de la refermer complètement ; mais sa pression à lui est la plus forte. La maison est forcée, l'obscurité l'enveloppe, d'où monte un hurlement. Des bruits de viol sur fond de bruits de guerre. Aux instruments se mêlent des cris indistincts provenant du chœur, et aussi les « non » martelés par Adriana. Illustrations sonores plutôt que mots articulés. C'est la musique qui raconte le crime qui est en train d'être commis.)

TROISIÈME TABLEAU

Au crépuscule, le même quartier, au lendemain de la guerre.

Adriana a le ventre arrondi. Elle est assise, encore éprouvée par l'agression dont elle a été victime quelques mois plus tôt. Sa sœur est à ses côtés.

REFKA :

À toi, Adriana, je ne reproche rien.
C'est à moi-même que j'en veux
D'avoir été absente ce soir-là,
De t'avoir laissée seule.

ADRIANA :

Mais dans tes yeux je lis
Tous les reproches
Que tu voudrais dissimuler.

REFKA :

Des reproches, non, petite sœur, non, crois-
moi.
Mais j'aurais tant voulu que les choses
Se passent autrement.
Je me dis que ton chemin n'aurait jamais dû
croiser
Celui d'un tel monstre ;

Je me dis que jamais tes yeux n'auraient dû se
poser
Sur sa triste personne ;
Et que jamais jamais tu n'aurais dû garder son
enfant !
Mais tout cela, Adriana, tu le sais.

ADRIANA :

Ce n'est pas son enfant, Refka, c'est le mien !
C'est à moi qu'il ressemblera !

REFKA :

Je l'espère, Adriana,
Comme toi, je l'espère...
Mais comment pourrais-tu savoir ?

ADRIANA :

Je le sais, Refka, je le sens,
Aussi sûrement que je sens
Battre cet autre cœur près du mien.
Mon fils aura les mêmes yeux que moi...

REFKA :

Il faut que je te raconte, Adriana...

ADRIANA (simultanément), *poursuivant, comme en elle-*
même :

La même voix, les mêmes mains...
Je le sais, je le sens.

REFKA :

La nuit dernière,
J'ai fait un rêve.
C'était encore la guerre,
Pourtant, j'étais sortie dans la rue et je marchais
Droit devant moi, sans avoir peur de rien.

(Pendant qu'elle raconte son rêve, celui-ci apparaît sur scène, au ralenti. Le récit de Refka est ponctué par diverses voix, celles des autres personnages, ou celles du chœur.)

REFKA :

Il y avait des incendies,
Mais je n'entendais pas les crissements du feu ;
Il y avait des visages convulsés,
Mais je n'entendais ni cris ni gémissements ;
C'était comme si tous les sons étaient morts.
Et puis, aussi, rien ne m'atteignait.
Il y avait dans la rue des combats à l'arme blanche,
Les gens tombaient autour de moi, blessés ou morts,
Et moi je n'éprouvais même pas le besoin de me protéger.
Chose étrange, tous ces gens avaient le même visage.
C'était comme si leurs faces étaient couvertes
Par le même masque de cuir,
Tous, les bourreaux, les victimes,

Ceux qui étaient à terre, et aussi ceux qui les avaient frappés,

Tous avaient le même visage, ou le même masque.

Ce visage ne ressemblait pas vraiment à celui de Tsargo,

Mais dans mon rêve j'étais certaine que c'était lui,

Certaine que tous, tous, les massacreurs

Et même les massacrés, étaient lui.

Soudain, je t'ai vue, Adriana, tu étais étendue sur le sol.

J'ai couru vers toi en t'appelant : « Adriana ! »

Je croyais que tu étais blessée, ou morte.

Je t'ai secouée. « Adriana ! »

Alors tu as ouvert les yeux, comme surprise,

Et tu m'as demandé : « Pourquoi tu cries ?

Tu ne vois pas que je suis en train d'accoucher ? »

Je me souviens de m'être dit :

« Accoucher ici, au bord de la rue, comme une chienne ?

Et en pleine guerre ? Ma sœur doit être folle ! »

Mais l'instant d'après, je n'ai plus eu qu'une idée en tête :

Trouver des fleurs pour te les offrir.

La chose m'apparaissait comme une nécessité.

Adriana accouche, il faut, à tout prix, que je lui offre des fleurs !

Et je me suis mise à courir dans les rues, en demandant aux gens,

Aux massacreurs et aux blessés, aux mourants même :

« Pourriez-vous me dire où trouver des fleurs ? »

Au bout de ma course, je suis tombée

Sur deux hommes, l'un aux cheveux blancs, l'autre très jeune.

Eux aussi avaient le même visage, ou le même masque.

L'homme aux cheveux blancs avait les mains en l'air,

Comme un prisonnier, ou comme un otage ;

Le jeune tenait une arme, comme s'il s'apprêtait à l'abattre.

Alors j'ai tapé sur l'épaule du jeune,

Et je lui ai demandé, comme aux autres :

« Pourriez-vous me dire où trouver des fleurs ? »

Il s'est tourné vers moi, et il m'a dit :

« Tu veux des fleurs, Refka, ici, en pleine guerre ?

Tu es folle, réveille-toi, réveille-toi ! »

(Un temps. Le songe s'estompe. On revient à la réalité.)

REFKA, *reprenant, essoufflée :*

Et, de fait, je me suis réveillée...

Ne me demande pas ce que veut dire ce rêve !

Depuis ce matin je le retourne dans mon esprit,

Je m'efforce d'en rassembler les bribes,

Je cherche à comprendre ce que la nuit m'a dit.

J'en suis encore toute perturbée.
Il fallait que je te le raconte...

ADRIANA, *préoccupée* :

À présent, je vais être hantée moi aussi par ton
rêve,
Moi aussi je vais essayer de comprendre, d'in-
terpréter.

(*Un temps.*)

Parfois nos rêves nous sermonnent,
Comme s'ils portaient vers nous la sagesse des
parents morts.
Dans ton rêve, il y a sûrement
Une sagesse cachée, mais laquelle ?

REFKA, *murmurant* :

Sûrement ! Sûrement !

ADRIANA :

Sûrement un conseil enfoui,
Mais lequel ?

REFKA :

De toute manière, les dés sont jetés.
Tu as choisi de garder l'enfant, il est trop tard
pour changer d'avis.
Une calamité s'est abattue sur toi, je n'aurais
pas voulu

Que tu la laisses envahir ton corps, s'installer dans ta vie.

Comment pourras-tu jamais oublier la guerre
Si tu as accepté de porter son enfant ?

Mais je ne veux pas te torturer plus que le destin ne l'a fait.

Si tu es sûre de ton choix...

ADRIANA :

Oui, je suis sûre, je suis sûre, Refka, je suis sûre...

> *(Adriana répète cette phrase, comme pour s'en convaincre, pendant que Refka s'en va. Et c'est à elle-même qu'elle s'adresse alors, même si elle fait mine de poursuivre sa discussion avec sa sœur.)*

ADRIANA :

Non, Refka, je ne suis sûre de rien.
Je sens seulement, je sens un cœur,
Un deuxième cœur qui bat tout près du mien.
Qui est cet étranger qui m'habite ?
Un frère ? Un autre moi-même ? Un ennemi ?
Dans ses veines coulent deux sangs, deux sangs mêlés,
Le sang de la victime, et le sang du bourreau.
Comment répandre l'un sans répandre l'autre ?
Un jour, mon enfant naîtra, je le tiendrai dans mes bras,

Je le prendrai contre mon sein pour le nourrir.
Pourtant, ce jour-là,
Oui, même ce jour-là,
J'en serai encore à me demander,
Comme je me demande à cet instant,
Comme je me demande à chaque instant du
jour et de la nuit :
Qui est cet être que je porte ?
Qui est cet être que je nourris ?
Pour me rassurer, je me dis parfois
Que toutes les femmes, depuis Ève,
Auraient pu se poser ces questions,
Ces mêmes questions :
Qui est cet être que je porte ?
Qui est cet être que je nourris ?
Mon enfant sera-t-il Caïn, ou bien Abel ?

(Rideau.)

QUATRIÈME TABLEAU

Dix-sept ans ont passé. L'enfant d'Adriana est à présent un jeune homme. Il pousse la porte avec violence pour entrer, sous le regard de sa mère, qui se montre inquiète. Il ne cherche pas à réprimer sa colère ni à masquer son désarroi.

YONAS :

Quelqu'un ici pourra-t-il me dire
Quel est mon nom ?

ADRIANA :

Que veut dire cette question, Yonas ?

YONAS :

Toute question mérite réponse !
Si tu sais quel est mon nom,
Dis-le-moi !

ADRIANA :

Je t'ai répondu.
Yonas,
Tu t'appelles Yonas.
C'est cela que tu veux entendre ?

YONAS :

Et toi, tu t'appelles bien Adriana ?

ADRIANA, *manifestant de l'impatience, mais cherchant à dissimuler son extrême inquiétude* :

Et moi, oui, je m'appelle Adriana.

YONAS :

Et tu es bien ma mère ?
Et nous sommes, l'un et l'autre,
Bien vivants, n'est-ce pas ?

ADRIANA :

Pourquoi ces questions enfantines, Yonas ?

YONAS :

Je voulais m'assurer que, sur cela au moins,
Tu ne m'avais pas menti !

ADRIANA :

Viens t'asseoir, et dis-moi
Ce qui te préoccupe !

> (Il s'approche d'un pas, mais ne s'assied pas.)

YONAS, *étranglé par l'émotion* :

Aujourd'hui, j'ai appris
Deux nouvelles :

Mon père
N'était pas un héros,
Et mon père
N'est pas mort.

ADRIANA :

Qui te l'a dit ?

YONAS, *explosant* :

Peu importe qui me l'a dit !
Dis-moi seulement
Si c'est vrai !

ADRIANA, *après une dernière hésitation* :

Oui, Yonas, c'est vrai.

YONAS :

Ainsi, quand tu disais que mon père était mort
L'année de la guerre civile,
Tu mentais !
Lorsque tu disais que mon père était mort
En cherchant à nous protéger des tueurs,
Tu mentais.
Depuis que je suis né, je n'ai fait qu'avaler
Des mensonges, des mensonges, avec chaque
gorgée de lait,
Des mensonges trempés comme le pain
Au fond des bols de soupe ;

Et toi, tu osais me répéter, jour après jour :
« Mon fils, que ta parole soit droite ! »

ADRIANA :

À te voir si ému, je me rends compte,
Que j'ai eu tort, Yonas.
Je n'aurais pas dû te mentir.
Pardonne-moi, mais
J'avais peur...

(Un temps.)

J'avais peur que la vérité
Soit trop lourde à porter
Pour l'enfant que tu étais.

YONAS :

Ne crois-tu pas qu'il est encore plus lourd à porter,
Le mensonge ?
Quand tout le monde connaît la vérité sur toi,
Et que toi tu l'ignores ?
Quand tout le monde autour de toi chuchote,
Avec pitié, avec mépris,
Sans que tu en devines la raison ?

ADRIANA :

Vas-tu m'écouter,
Yonas ?
Vas-tu me donner, à la fin...

YONAS (simultanément) :

Moi seul ligoté par la camisole de l'ignorance,
Et tous les autres, grands et petits,
Qui me narguent et se moquent ?

ADRIANA :

... la chance de m'expliquer ?
Aujourd'hui je découvre que j'ai eu tort
De t'avoir caché la vérité si longtemps.
Pardonne-moi, Yonas !
J'étais si jeune, et blessée par la vie,
J'avais peur du monde entier, peur pour moi,
Et peur pour toi, surtout ;
Il fallait que je te protège de la vérité détestable,
Le plus longtemps possible,
Jusqu'à ce que tes branches
Soient devenues épaisses.

YONAS :

À quel âge m'aurais-tu dit la vérité ?
À trente ans ?

ADRIANA :

À quel âge ?

YONAS :

Oui, à quel âge ?
À quel âge, dis-moi ?

ADRIANA :

Je ne sais pas à quel âge, Yonas.
De grâce, suspends ton interrogatoire !
Puisque tu es devenu soudain adulte,
Viens te mettre un instant à ma place,
Sur la chaise de l'accusée !
À toi de répondre, maintenant !
À quel âge aurais-je dû dire à mon enfant que
j'avais été violée,
Et que le violeur était son propre père ?
À quel âge, dis-moi ? À quatre ans ? À huit ans ?
Ou dix ans ? Ou douze ?
Le Ciel ne m'a pas envoyé mon fils emballé
dans la soie,
Avec un mode d'emploi !
J'ai dû lui inventer un avenir, un passé, et une
vie quotidienne...

(Un temps, pour souffler, et pour changer de ton.)

Je t'ai aimé comme j'ai pu, Yonas,
À toi maintenant de m'aimer
Autant que tu pourras.

YONAS, *s'asseyant enfin à ses côtés et lui prenant, après un temps, la main dans les siennes ; apaisé, lui aussi :*

Il s'appelait bien
Tsargo, cet homme ?
C'était bien lui qu'on appelait
Tsargo, le Protecteur ?

ADRIANA :

C'est ainsi qu'il voulait qu'on l'appelle.

YONAS :

Était-il... Était-il vraiment
Le monstre qu'on m'a décrit ?

ADRIANA :

Monstre, il ne l'a pas toujours été.
C'était juste un vaurien, un misérable.
Il ne serait jamais devenu le meilleur des hommes,
Mais il aurait pu ne pas devenir le pire.
Puis il y a eu la guerre...
Cette année-là, les hommes jeunes ont cru renaître,
Sans entraves, sans lois, comme libres,
Maîtres des rues, maîtres des lois, maîtres de la nuit,
Maîtres des femmes,
Dispensateurs de mort.

YONAS :

Et de vie frelatée...

ADRIANA, *sursautant* :

De quelle vie parles-tu ainsi ?
De la tienne, Yonas ? De celle de mon propre fils ?

Alors détrompe-toi ! Ta vie n'est sûrement pas
frelatée.
Ni tes mains ni ton âme ne sont atteints
Par la pourriture de la guerre.
Tu es ma revanche ;
La guerre s'est arrêtée le jour où tu es né.
Tu es la mort de la mort !

YONAS, *se levant* :

Et lui, l'autre, celui qui n'est pas mort,
Qu'est-il devenu ? Où s'est-il enfui ?

ADRIANA :

Cette année-là, je n'ai pas été sa seule victime,
Il rôdait dans les rues comme un fauve,
Il tuait, il pillait et rançonnait ;
Il s'était entouré d'une bande
Qui le suivait comme une meute de chiens.
Puis il a été blessé, on l'a évacué
Vers un hôpital, de l'autre côté du fleuve.
Il en est sorti après quelques semaines,
Mais ses complices s'étaient dispersés ;
Il n'a plus osé revenir.

YONAS, *comme en lui-même* :

S'il revient, je le tue.

ADRIANA :

De temps à autre, on vient encore me chuchoter
Qu'on l'a revu en tel ou tel endroit...
Au début, j'avais peur, je songeais à m'enfuir,
Ou à me cacher.

YONAS, *à voix un peu plus audible* :

S'il revient, je le tue.

ADRIANA :

Aujourd'hui, je n'écoute plus ces rumeurs
Que d'une oreille distraite.
Je crois qu'il n'osera plus jamais se montrer par
ici !

YONAS, *cette fois, à voix haute* :

S'il revient, je le tue.

ADRIANA, *sans donner l'impression de répondre direc-
tement* :

Si nous pouvions l'oublier, toi et moi,
Et reprendre le cours de nos vies !

YONAS :

Toi, tu peux l'oublier, tu dois l'effacer de ta vie,
Mais moi, comment pourrais-je l'oublier ?
Le sang du monstre coule dans mes propres
veines !
Comment pourrais-je oublier mon sang ?

ADRIANA :

Mon sang, notre sang, son sang...
Que ces mots sont trompeurs !
Que ces mots sont salissants !
On prête au sang des vertus, des penchants,
Et même des opinions, des paroles :
« Mon sang me dit », « Mon sang m'ordonne »...
Ton sang ne te dit rien, Yonas,
Il n'a pas de voix, il n'a pas de cri, il n'a pas de mémoire,
Il n'a pas d'ordre à te donner.
Ce que tu penses devoir faire, fais-le,
Mais ne parle plus jamais devant moi de ton sang !

(Adriana se dirige vers la sortie ; Yonas s'assied par terre et prend son visage dans ses mains. Soudain, ils s'immobilisent, pendant que sur scène, dans la sombre lumière rouge qui annonce les songes, une sorte d'acte sacrificiel se déroule au ralenti : le personnage que l'on identifie comme Yonas arrache les masques des autres pour les jeter au feu, et c'est comme s'il arrachait aux personnages leur âme ; alors ils s'écroulent, les uns après les autres, dans un embrasement à la fois dévastateur et purificateur. Un rêve assez bref, et sans récit accompagnateur. Juste la musique, et quelques phrases brèves reprises d'avant, en guise d'illustration vocale et de réminiscence.)

CINQUIÈME TABLEAU

Lorsqu'elle sort de sa torpeur, Adriana s'en va. Juste avant que Refka fasse son entrée de l'autre côté de la scène. Yonas reprend à peine ses esprits quand il l'entend appeler sa sœur.

REFKA :

Adriana ! Adriana !
Ah, c'est toi, Yonas ?
Je ne m'attendais pas à te voir.

YONAS, *sans se lever* :

C'est à ma mère que tu voulais parler, je
suppose...

REFKA, *ne se doutant de rien* :

Elle n'est pas là ?

YONAS :

De quoi voulais-tu lui parler ?

REFKA :

Yonas, je te trouve bien curieux.

YONAS :

Je suppose que tu veux lui dire des choses
Que je ne dois pas entendre.

REFKA :

Que se passe-t-il, Yonas ?
J'entends ta voix, et je la reconnais à peine.

YONAS :

Tu ne la reconnais pas, parce que ma voix a
mué.
Je suis devenu un homme.

REFKA :

Cela fait longtemps
Que tu es un homme.

YONAS :

Il semble que non ! Jusqu'à hier,
J'étais encore un enfant.
Il y avait des choses que je ne devais pas savoir.
N'est-ce pas, Refka ?
Tu ne dis rien ?
Il y avait, paraît-il, des choses que les autres,
Tous les autres, pouvaient savoir,
Et moi pas.
Tu ne dis toujours rien ?

REFKA, *embarrassée, et évasive* :

Il y a tant de choses qu'on aimerait
Ne pas savoir...

YONAS :

Il y a aussi des choses
Que l'on a besoin de savoir,
Mais que les autres vous cachent.
Même toi, Refka, que je croyais si proche,
Tu m'as menti.

REFKA :

En quoi ?

YONAS :

En quoi, me demandes-tu ?
Cela veut dire que tu continues à mentir.
C'est parce que tu ne sais pas encore
Ce que ma mère m'a avoué.
Elle n'a pas eu le temps de t'avertir...
Eh bien sache qu'elle a fini par me dire,
À propos de mon père.

REFKA, *après une dernière réticence* :

Tant mieux, Yonas.

> (*Adriana est revenue sur scène, mais elle
> demeure à l'écart, et se contente d'écouter
> sans que les deux autres la voient.*)

YONAS :

Toi, tu savais,
Et tu ne m'as rien dit.

REFKA :

Ce secret ne m'appartenait pas...

YONAS, *moqueur* :

Ce secret ne t'appartenait pas ?
Ne t'appartenait pas ?
Et à qui donc appartenait ce secret, dis-moi ?
Ne penses-tu pas que j'y avais droit,
Plus que tout autre ?

ADRIANA, *qui décide enfin de se manifester* :

Cesse de persécuter ma sœur, Yonas !
Tu sais bien que c'est moi qui ne voulais pas
que tu saches ;
Elle ne pouvait pas me trahir.

YONAS :

C'est donc moi qu'elle a choisi de trahir.
J'ai toujours cru qu'elle me confiait
Des secrets que jamais personne n'entendrait.
Quand, sur la chose essentielle,
Elle me mentait depuis toujours.

ADRIANA :

Oublions un instant le passé, Yonas !
Et toi, Refka, dis-moi... dis-nous
Ce que tu étais venue me dire !
Je veux que désormais mon fils entende tout.

REFKA :

Il faudra que tu restes calme, Yonas !
Et toi aussi, Adriana !

(Un temps.)

Il paraît...

(Un temps, encore.)

Il paraît que cet homme,
Tsargo, est revenu.
Plusieurs personnes l'ont aperçu
Près de la vieille maison de ses parents.
On dit qu'il va s'y installer.

YONAS, *comme à lui-même* :

Je vais le tuer, ce monstre.

REFKA, *blême* :

Calme-toi, Yonas, tu me fais peur !
Calme-toi, et parlons un peu.

YONAS, *toujours à lui-même, comme s'il n'avait rien entendu* :

Il va mourir, ce monstre !
Je vais le tuer de ma main !

> *(Tous s'immobilisent soudain, les gestes suspendus. Et l'on voit, comme en un éclair, la vision de la fin du tableau précédent, vision plus brève encore, juste quelques instants, comme un rappel furtif qui traverse l'esprit des personnages.*
> *Quand la vision s'estompe, Yonas sort en courant. Refka est terrorisée. Elle s'apprête à courir derrière lui pour le rattraper, mais elle s'arrête net, refroidie et choquée par l'extrême placidité d'Adriana.)*

REFKA, *hors d'elle* :

Tu ne bouges pas ? Tu le laisses faire ?
Ce garçon n'est plus le même, je ne le reconnais plus.
Ce ne sont pas des paroles en l'air ;
Il va le tuer, j'en suis sûre !

ADRIANA, *demeurée immobile, comme absente* :

S'il doit le tuer, il le tuera.

REFKA :

Demain tu regretteras d'avoir prononcé ces paroles !

Cours, rappelle-le, rattrape-le, il n'est pas trop tard !

ADRIANA, *à elle-même* :

S'il doit le tuer,
Il le tuera.

REFKA :

Si tu le laisses partir dans cet état,
Il va commettre un meurtre !
Ensuite, c'est ton fils lui-même qui mourra,
De sa propre main, ou de la main des autres...
Rappelle-le, Adriana, rattrape-le, il n'est pas trop tard !
Serais-tu devenue à ce point insensible ?

ADRIANA :

S'il doit le tuer,
Il le tuera.

SIXIÈME TABLEAU

Sous le soleil de midi, un homme âgé se tient devant une porte ancienne. On ne le voit que de dos. Yonas s'approche de lui, une arme à la main.

YONAS :

Je cherche l'homme nommé Tsargo,
Celui qui se faisait appeler Protecteur.
C'est bien toi ?

TSARGO :

Tu me parles d'une époque si lointaine, jeune
homme...
Quel âge as-tu ?

YONAS :

Peu importe mon âge,
Je veux juste savoir si tu es Tsargo.

TSARGO :

En ce temps-là, je devais avoir l'âge que tu as,
Je tenais dans les mains une arme
Qui me servait de porte-voix ;

Et dans ma manière d'interpeller les autres,
jeunes ou vieux,
J'avais cette même arrogance que je perçois
chez toi...

YONAS :

Il n'est pas étonnant que j'aie cette même arrogance ;
Pour mon malheur, je suis né de ton sang !

TSARGO :

Ce sang-là, je l'ai perdu à la guerre,
Jusqu'à la dernière goutte ;
On m'en a infusé un autre.

YONAS :

Je suis le fils d'Adriana.

TSARGO :

Adriana, Adriana, Adriana,
La plus belle fille du pays,
Les plus beaux cheveux,
La plus belle voix...
Si elle n'avait pas été aussi
Méprisante,
Nous aurions pu nous aimer...

YONAS :

Prononce une fois encore

Le mot « aimer » à propos d'elle,
Et tu es un homme mort !

TSARGO :

Et si je ne prononçais plus le mot « aimer »,
M'épargnerais-tu ?

YONAS :

Non, je te tuerais quand même,
Il y a longtemps que tu as
Perdu le droit de vivre !

TSARGO :

Pourtant, si tu es bien celui que tu dis être,
Tu me dois d'être venu au monde.

YONAS :

D'être venu au monde, c'est à la Providence
que je le dois.
    À toi, je ne dois que les circonstances.
Faut-il que je te les rappelle, ces circonstances ?
Faut-il que je te rappelle cette nuit maudite ?

TSARGO :

Comment t'appelles-tu ?

YONAS :

Ma mère m'a nommé Yonas.

TSARGO :

Yonas, Yonas, Adriana,
Vous auriez pu être ma vie.

YONAS :

Je t'interdis de prononcer mon nom
Et celui de ma mère.

TSARGO :

Si tu as résolu de me tuer,
Tu ne peux plus rien m'interdire.

YONAS :

Ne cherche pas à ruser,
Tu es à ma merci !
Ta vie s'interrompra à l'instant où
Je déciderai qu'elle doit s'interrompre.

TSARGO :

Crois-tu que je suis revenu au pays
Pour autre chose que pour mourir ?
Sans l'avoir voulu, tu vas au-devant des désirs
De ton père...

YONAS :

Ce que tu viens de dire ne me procure
Ni encouragements, ni remords.
Que tu sois résigné à payer pour tes crimes
Ne fait pas de toi un innocent.

Que tu sois résigné à mourir
Ne te redonne pas le droit de vivre.

*(Les deux personnages demeurent un long
moment silencieux, immobiles, perplexes,
désemparés, comme si la scène était écra-
sée sous un soleil d'août.)*

YONAS, *cherchant à se reprendre* :

Avant que tu meures,
Une dernière question :
Est-ce que tu savais ?

(Un temps.)

Tu savais que ma mère était
Tombée enceinte,
Et que j'étais né ?
Ou bien l'as-tu appris seulement aujourd'hui ?

TSARGO :

Je l'ai su cette année-là, l'année de la guerre ;
Ensuite, j'ai tout fait pour l'oublier.

YONAS, *d'une voix soudain mal assurée* :

Retourne-toi, je ne vais pas t'abattre par-
derrière !

(Un silence.)

YONAS :

Tu voudrais mourir
Sans avoir jamais vu ton fils ?

(Tsargo se retourne alors, lentement, les bras levés à la hauteur du visage.)

TSARGO :

Je peux me retourner, si tu l'ordonnes,
Mais je ne te verrai pas.
Depuis deux ans, j'ai perdu mes yeux,
Je ne vois même plus mes mains,
Je distingue à peine la nuit du jour.
Je ne saurai jamais si tu me ressembles,
Je peux seulement deviner, au son de ta voix,
Les traits de ton visage ;
Et je peux essayer de te toucher...

(Il s'approche de Yonas pour lui toucher le visage, à tâtons. Le fils fait un pas en arrière, horrifié. Tsargo fait encore un pas. Le jeune homme semble sur le point de l'abattre, mais il ne peut se résoudre à le frapper. Alors il recule ; puis, désemparé, il s'enfuit à reculons, poursuivi par son père infirme.)

SEPTIÈME TABLEAU

Les personnages sont à présent tous les quatre désemparés, hagards. Refka est ivre d'inquiétude ; Adriana fait mine de demeurer sereine, mais elle aussi est dévorée par l'inquiétude et le remords ; Yonas se reproche d'avoir manqué de courage ; tandis que Tsargo erre dans sa nuit à la recherche de sa propre mort, qui lui échappe. Ce que l'on voit et entend n'appartient ni à l'univers du rêve ni à celui de la réalité ; il se situe, d'une certaine manière, à mi-chemin entre les deux.

Si tous les personnages du drame se trouvent sur scène, ils n'y sont pas ensemble. Chacun d'eux suit sa propre trajectoire. Leurs propos sont des monologues qui parfois se rejoignent, à deux, à trois, à quatre. Et le chœur intervient aussi de temps à autre. Les paroles des uns et des autres se mêlent, s'opposent, se chevauchent, ou se répondent en écho.

Seuls le fils et la mère finiront par se réunir et se parler.

LE CHŒUR :

Cette nuit-là,
Cette maudite nuit-là,
Les portes de l'Enfer
Se sont ouvertes.

ADRIANA :

Cette nuit-là...

REFKA :

Cette maudite nuit-là
Les portes de l'Enfer...

ADRIANA :

La douleur a posé
Un masque sur mon visage,
Et sur mon cœur une carapace.
Parfois, je prononce des mots impitoyables,

81

Et, l'instant d'après, je me demande
Si c'est de ma bouche
Qu'ils sont sortis.
Ma peau s'est durcie,
Mon regard s'est durci.
Pourtant, si l'on pouvait
Sonder mon âme,

ADRIANA, REFKA et LE CHŒUR :

On verrait encore Adriana,
La jeune et douce Adriana,
Qui frémit et pleure...

ADRIANA :

Et tremble de tristesse...

REFKA et LE CHŒUR :

Et tremble de peur...

ADRIANA, REFKA et LE CHŒUR :

Et qui se blottit.

LE CHŒUR :

Tant d'autres événements...

TOUS :

Tant d'autres
Se sont produits...

REFKA :

D'autres guerres...

TSARGO :

D'autres guerres,
D'autres trêves...

ADRIANA :

D'autres naissances,
D'autres crimes...

YONAS :

D'autres crimes,
D'autres naissances...

REFKA :

Des procès,
Des peines...

TSARGO :

Le pardon.

TOUS :

Mais rien,
Rien n'a jamais
Pu effacer
Ce qui est arrivé

Cette nuit-là,
Cette maudite nuit-là.

REFKA :

Adriana s'est laissé détourner de sa vie
Par la férocité du monde ;
Et moi je me suis laissé détourner de ma vie
Par Adriana.
J'aurais peut-être dû l'obliger
À suivre mes conseils !
J'aurais dû la prendre sous mon aile,
J'aurais dû... J'aurais dû... J'aurais dû...
J'ai le défaut des sages
Qui sont trop sages pour affronter la folie,
Trop sages pour affronter les forces de mort.
Trop sage, Refka !
Trop sage !

YONAS :

Trop sage, Refka !
Trop sage !

LE CHŒUR :

Les paysages ont changé,
Saison après saison ;
Tant d'événements
Se sont produits.
Mais rien,
Rien n'a jamais
Pu effacer...

84

YONAS :

Que je déteste
Cette nuit lointaine
Qui me poursuit encore !
Que je déteste ce passé
Qui m'a laissé en héritage
La peur, la haine,
La haine, la peur !
Est-il encore dans mes veines
Le sang du tueur,
Le sang âcre du monstre ?

TSARGO :

Autrefois, la nuit était mon territoire ;
Aujourd'hui la nuit est ma prison.
Où que j'aille, je me heurte à ses murs,
À ses barreaux froids.
J'en suis arrivé à désirer la mort ;
Mais la mort, la mort,
Ne me désire pas.
Je la poursuis, elle s'échappe ;
Je l'invite, elle s'enfuit.
J'aurais dû mourir
L'année de la guerre...
Non, j'aurais dû mourir bien avant...
Lorsque j'étais encore
Cet enfant timide
Qui se demandait
Ce qu'allait être sa vie.
À présent je sais trop bien

Ce qu'a été ma vie ;
Je sais trop bien
Ce que j'ai fait de ma vie.
J'aurais dû...

TOUS :

J'aurais dû...
J'aurais dû...

REFKA :

J'aurais dû
Prendre ma sœur sous mon aile,
Et ne jamais la quitter.
J'aurais dû...

TSARGO :

J'aurais dû...

YONAS :

J'aurais dû...

ADRIANA :

J'aurais dû
Retenir mon fils près de moi,
Au lieu de le soumettre à l'épreuve.
J'aurais dû...

REFKA :

J'aurais dû...

TSARGO :

J'aurais dû...

YONAS :

J'aurais dû
Le tuer sans même lui parler,
Sans l'écouter,
Sans que ma main tremble.
J'aurais dû...

ADRIANA :

J'aurais dû...

REFKA :

J'aurais dû...

TSARGO :

J'aurais dû
Mourir au bal,
Cette année-là,
Juste après cette danse,
Cette unique danse avec Adriana.

YONAS :

Étrange que mon cœur
Le haïsse à ce point,
Et que je sois incapable de le frapper.
Se pourrait-il qu'il soit
Encore dans mes veines,

Le sang du tueur,
Le sang âcre du monstre ?

ADRIANA :

J'ai toujours cru
Que la nouvelle de sa mort,
Lorsque je l'apprendrais,
Me comblerait de joie.
Aujourd'hui, je la redoute.
J'ai passé ma vie à espérer
Une vengeance,
Mais je ne la veux plus.
Je veux seulement...

REFKA :

Seulement, seulement...

ADRIANA et REFKA :

Que l'aube soit paisible,
Mon Dieu,
Que l'aube soit paisible...

ADRIANA :

Et que je n'entende
Aucune clameur !

> *(Un temps. Les premières phrases qui sui-*
> *vent seront chantées simultanément ; puis le*
> *chœur terminera seul.)*

REFKA :

Les portes de l'Enfer, cette nuit-là, se sont ouvertes...

ADRIANA :

Cette nuit-là, les portes se sont ouvertes...

LE CHŒUR :

Cette nuit-là... Cette nuit-là... Cette nuit-là...

YONAS :

Cette nuit-là, les portes de l'Enfer...

TSARGO :

Les portes de l'Enfer se sont ouvertes...

LE CHŒUR :

Les portes de l'Enfer...

REFKA :

Il est temps
Qu'elles soient refermées !

ADRIANA :

Les portes...
Il est temps
Qu'elles soient refermées !

LE CHŒUR :

Les portes,
Les portes de l'Enfer,
Qu'elles soient refermées !
Les portes de l'Enfer,
Qu'elles soient refermées !

>   *(Pendant que le chœur martèle les der-*
>   *nières phrases, Tsargo s'éloigne, comme à*
>   *la fin du premier tableau, et Refka devient*
>   *spectatrice muette. Tandis que Yonas et*
>   *Adriana se retrouvent, avec un mélange de*
>   *soulagement et d'appréhension. Un moment*
>   *de silence précède leurs premiers mots.)*

YONAS :

Mère, pardonne-moi, je t'ai trahie !
Le monstre était devant moi, j'aurais dû
Lui faire payer ses crimes ;
Il était au bord du précipice, j'aurais pu
Le faire basculer de la vie à la mort ;
Il aurait suffi que je le pousse, d'un geste ;
J'ai manqué de courage !

(Un temps.)

Il a perdu ses yeux, le savais-tu ?
Il s'est tourné vers moi.

(Yonas mime.)

Il s'est avancé dans ma direction
En me cherchant des deux mains ;
Je me suis enfui.
J'aurais pu l'abattre,
Son corps était là, devant moi, impuissant,
J'aurais pu le frapper,
Le transpercer,
J'ai manqué de courage,
Je me suis enfui.
Mère, pardonne-moi !

*(Elle demeure impassible, ne regardant pas
son fils, ne le consolant pas ; sa phrase sera
à peine interrogative.)*

ADRIANA :

S'il n'était pas aveugle, tu l'aurais abattu ?

YONAS :

Peut-être... Je ne sais pas...
J'aurais pu l'abattre tout de suite,
Je ne voulais pas le frapper dans le dos ;
Je lui ai ordonné de se retourner ;
Lorsque j'ai vu ses yeux éteints,
J'ai perdu courage.

ADRIANA :

Tu lui as parlé ?

YONAS :

Je lui ai dit qui j'étais,
Et pourquoi il méritait de mourir.

ADRIANA :

Mais tu n'as pas été capable
De le tuer...

YONAS :

J'étais décidé à l'abattre, crois-moi !

ADRIANA, *ne regardant toujours pas son fils* :

Cet homme méritait de mourir...

YONAS :

Je sais, mère, pardonne-moi !
Je t'ai trahie !

ADRIANA, *articulant plus clairement, et se tournant lentement vers Yonas* :

Cet homme
Méritait de mourir...

YONAS (simultanément) :

J'ai manqué de courage,
Pardonne-moi !

ADRIANA, *levant le bras avec autorité pour faire taire son fils* :

Cet homme méritait de mourir,
Mais toi, mon fils,
Tu ne méritais pas de tuer.
Depuis que tu es né, et avant même ta naissance,
Je me demande si tu serais un jour capable de tuer.
Même quand tu étais au berceau, je ne pouvais m'empêcher
De surveiller tes cris, le fond de ton regard, et tes gestes.
Il fallait que je sache
Si le sang qui coulait dans tes veines,
Était celui du tueur,
Ou bien le mien.
Quand, autour de moi, on s'inquiétait, on se méfiait,
Moi, je m'efforçais de croire
Que le sang était neutre et muet,
Que le sang ne décidait de rien,
Qu'il suffirait que je t'aime, que je te parle,
Que je t'élève avec droiture,
Pour que tu sois aimant, et réfléchi, et droit.
Mais il y avait constamment en moi,
Constamment, la torture du doute,
Constamment, cette question obsédante, têtue :
Si un jour, te tenant, une arme dans la main,
Devant un homme que tu haïrais,

Devant un homme qui mériterait le pire châ-
timent...
Ce jour-là, le frapperais-tu ?
Ou bien ferais-tu, au dernier moment, un pas
en arrière ?

(Un temps.)

Si tu étais vraiment le fils de cet homme,
Tu l'aurais tué !
Aujourd'hui, j'ai enfin la réponse :
Le sang du meurtrier s'est apaisé en côtoyant le
mien.
Aujourd'hui, ma vie, que je croyais perdue,
Est enfin retrouvée.
Nous ne sommes pas vengés, Yonas,
Mais nous sommes sauvés.
Viens, approche-toi, entoure-moi de tes bras !
J'ai besoin de reposer ma tête un instant
Sur une épaule d'homme.

(Rideau.)

www.livredepoche.com

- le **catalogue** en ligne et les dernières parutions
- des **suggestions de lecture** par des libraires
- une **actualité éditoriale permanente** : interviews d'auteurs, extraits audio et vidéo, dépêches…
- **votre carnet de lecture** personnalisable
- des **espaces professionnels** dédiés aux journalistes, aux enseignants et aux documentalistes

Composition réalisée par NORD COMPO

Achevé d'imprimer en avril 2009 en Espagne par
LITOGRAFIA ROSÉS S.A.
Gava (08850)
Dépôt légal 1re publication : septembre 2008
Édition 02 – avril 2009
LIBRAIRIE GÉNÉRALE FRANÇAISE – 31, rue de Fleurus – 75278 Paris Cedex 06

31/2014/4